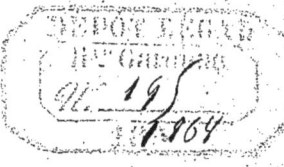

ACADÉMIE

DES

JEUX FLORAUX.

Concours de 1868.

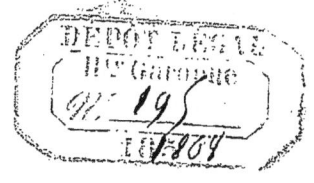
ACADÉMIE

DES

JEUX FLORAUX.

———

Concours de 1868.

LA LIBERTÉ DANS UN CACHOT.

CHANT D'UN PRISONNIER.

ODE

Qui a obtenu une Violette;

Par Mlle ADOLPHINE BONNET, de Muret.

> « Heureux celui qui souffre
> » persécution pour la justice ! »

L'œIL de Dieu plonge seul dans les froides ténèbres
De l'humide cachot où languissent mes jours ;
Pour lugubres chanteurs, j'ai les oiseaux funèbres
Dans les vieux murs cachant leurs sauvages amours.
Sans lumière et sans air, je vis chargé de chaînes :
Et cependant, le sang qui rougit ma prison,
Que les anneaux de fer font jaillir de mes veines,
LIBERTÉ, je m'en sers pour écrire ton nom !

Ce nom fait de mon cœur tressaillir chaque fibre;
Menteurs sont les verrous qui répondent de moi !
Si mes pieds sont rivés, mon âme reste libre,
Libre de t'affirmer, libre de croire en toi !
Libre de mépriser l'impuissant anathème
Qu'à ta face sacrée ont jeté les tyrans !
De tout sacrifier, mon bonheur et moi-même,
A ton drapeau divin qu'ont suivi les plus grands.

Fidèle entre les tiens, sans défaillance aucune,
Jusqu'au dernier instant je jure de souffrir,
De toujours t'immoler joie, espoir et fortune,
De défendre ta cause, et d'être ton martyr !
A mes regards épris ta gloire seule est belle !
Ceux qui m'osent parler de triompher sans toi
Trouveront à jamais ma volonté rebelle...
Ils ont soumis mon corps : mon corps ce n'est pas moi.

Élance-toi, mon âme, à travers tous les mondes ;
Par delà tous les cieux, mon âme, élance-toi !
Va puiser la pensée à ses sources fécondes...
Par elle, malgré tout, par elle l'homme est roi.
Mon âme, souffle pur, de Dieu seul tu relèves ;
Viennent les oppresseurs qui lièrent mon bras !
Tu braveras toujours leurs verrous et leurs glaives,
Toi qui ne peux mourir et qu'on n'enchaîne pas.

Tout le sang de mon cœur à mon front pâle monte
Quand leur voix de serpent vient me souffler le mal ;
Comme ils s'inclineraient pour saluer ma honte
Si de lâches serments me faisaient leur égal !
Qu'ils sont vils, prodiguant leurs caresses menteuses
Au captif qui jamais ne vendit sa fierté !
Oh ! quel dédain m'a pris quand leurs bouches flatteuses
Pour me vaincre ont osé parler de Liberté !

Pitié !.. Lequel d'entr'eux la connaît, la possède,
La sainte Liberté des âmes sans remords !
Vertu qui dans ce monde à nul pouvoir ne cède,
Et pour qui sans faiblir tant de justes sont morts !
Audace sans pudeur, parmi tant de souillures,
De prononcer un mot qui les condamne tous !
Liberté, bouclier des consciences pures,
Ils profanent ton nom, je le nomme à genoux !

Sur un front que jamais ne courba nulle crainte
Ces transfuges du bien lisent leur trahison !
Tel dans un cauchemar un spectre à rude étreinte,
Tel je suis à leurs yeux terrible en ma prison.
Leur haine de vautours me poursuit en silence,
Mais persécute en vain mes jours désembellis.
Ils sentent chaque coup, et c'est là ma vengeance,
M'élever d'un degré sur leurs fronts avilis !

A MON AMIE LOUISE B.

CONFIDENCE.

ÉLÉGIE

Qui a obtenu un Œillet;

Par Mlle ADOLPHINE BONNET.

« L'orage, dans la nuit, me touche de son aile. »
Mme VALMORE.

A toi dont l'âme tendre a des larmes si douces,
A toi qu'il faut aimer dès-lors que tu souris,
A toi qui m'a calmée en de rudes secousses,
A toi qui me connais, c'est à toi que j'écris.

Mais d'abord, souviens-toi de ce soir où dans l'ombre
Ta voix me demanda : « Quel est ton idéal ? »
Quand je te le nommai, tu le trouvas si sombre
Que tu me répondis en sanglottant : « C'est mal !

C'est mal d'aimer la mort et de rêver la tombe
Quand on est entouré de si purs dévoûments !
Sur toi de plus d'un cœur chaque penser retombe :
C'est mal d'aimer la mort quand on n'a pas vingt ans ! »

Mes vingt ans sont venus et passés sur ce songe.
On m'a tant répété de prendre un autre essor
Que je n'appelle plus la mort, mais c'est mensonge !
J'ignore si je l'aime et si j'en rêve encor.

J'essaie avec ardeur de croire à ce qui passe,
D'aimer la vie, et tout ce qu'elle a de plus beau !
De jouir du présent, — un éclair dans l'espace ! —
Et d'asseoir l'avenir ailleurs qu'en un tombeau.

Je voudrais ressembler aux roses jeunes filles
Qui marchent dans l'espoir sans douter du bonheur,
Je voudrais ressembler à l'oiseau des charmilles
Qui, libre, chante et vit sans remords ni douleur.

Je voudrais... je voudrais... Oh ! Louise, je souffre !
Je ne sais même plus lire au fond de mon cœur ;
Mes désirs sont confus, et mon âme est un gouffre
Où bouillonne l'effroi, comme un torrent vainqueur.

L'effroi ! voilà le nom de mes vagues tortures.
J'ai peur de l'ouragan qui sur moi s'est levé ;
En moi je sens lutter deux vouloirs, deux natures,
Combat toujours douteux, toujours inachevé.

« Vis ! me crie une voix ; Enfant, la vie est belle !
» Au vent de ta jeunesse en riant livre-toi ;
» Il est si beau d'aimer, si doux d'être fidèle ;
» Crois, Enfant ! le bonheur est si près de la foi !

» Crois à la vérité de toutes les promesses ;
» A l'espoir caressant qui te parle tout bas ;
» Crois à l'éternité de toutes les tendresses ;
» A la félicité qui t'attend ici-bas.

» Crois à la gloire aussi, si la gloire t'est chère ;
» A l'éclat d'un grand nom qu'envîrait même un roi ;
» Crois en tous, crois en Dieu qui sourit à la terre ;
» Au bien, au dévoûment, mais surtout crois en toi !

» Oui, ne cesse jamais de croire à ta puissance ;
» A la fécondité des tourments de ton cœur :
» A ta ferme vertu comme à ta noble essence ;
» Car douter de soi-même est le pire malheur ! »

Et j'allais espérer, j'allais vivre et sourire,
Mais l'autre voix répond : « Mensonge et vanité !
» La terre annonce en vain à tout cœur qui soupire
» Un bonheur qu'ici-bas nul n'a jamais goûté.

» Je sais que de ce bien le monde entier est vide ;
» Les hommes meurent tous en voyageurs lassés ;
» Quelque nectar doré qu'ait bu sa lèvre avide,
» Nul n'a dit : —pour ma soif ce breuvage est assez ! —

» Tu verras que souffrir est le mot de la vie,
» Que l'amour est fragile et le serment trompeur ;
» Que le jour est un poids, l'espoir une folie
» Le dévoûment un songe et la gloire une erreur.

» Et je te dis : tu n'es que suprême impuissance ;
» Sur d'autres ni sur toi n'ose jamais compter ;
» L'inconstance et l'oubli, comme un linceul immense,
» Envelopperont tout pour te désenchanter. »

Et puis voilà qu'ensemble et dans un long tumulte
Ces deux voix s'élevant comme un flot courroucé,
Se jettent sans repos l'ironie et l'insulte,
Déchirant à l'envi mon cœur bouleversé.

Et mon âme agitée ainsi de plage en plage
Croit voguer dans la nuit sur une mer sans bord ;
Partout j'emporte en moi, source amère d'orage,
Ces effluves de vie et ces langueurs de mort.

Et quand j'ai trop souffert, parfois il est des heures
Où mon être se plonge en un pesant sommeil ;
Pareille à l'habitant des dernières demeures,
Je n'entends plus mon cœur, ni ne vois le soleil.

Mais ce calme énervant qui plane sur ma tête
Est lui-même si triste et me fait tant de peur,
Que j'aspire au retour de la folle tempête...
Hélas ! ainsi je vais de douleur en douleur.

Je sais bien que ces maux ont l'air d'une chimère
Qu'on n'y croira pas plus qu'aux rêves d'insensé ;
Mais écrivant pour toi cette page éphémère
J'y découvre mon cœur gémissant et brisé.

Toi, tu ne riras pas, tu n'auras pas un doute;
Car tu sais tout comprendre; et ta douce pitié
Doucement sur mon cœur tombera goutte à goutte,
Miel suave, puisé dans la fleur d'amitié.

Ces douleurs m'ont rendue et me tiennent muette;
Et l'on croit que je dors, et de tous les côtés
Ceux qui prêtaient l'oreille à ma voix de poëte
Se rapprochent de moi pour me dire : « Chantez! »

Oui, je voudrais chanter, fût-ce un cri d'agonie!
Oui, je voudrais chanter, fût-ce un hymne de mort!
Mais les jours sont passés de l'ivresse bénie,
Ces jours où je vivais toute dans un accord.

Je ne puis plus chanter, mon âme a le délire,
Non cet ardent délire aux sublimes accents,
Mais une froide fièvre, un impuissant martyre...
Que n'en puis-je parler ainsi que je le sens?...

Hélas! je me tairai tant que cette tourmente
Ne s'apaisera point dans le fond de mon cœur;
Et si je dois guérir du mal qui me tourmente,
Si jamais doit pour moi renaître un temps meilleur,

C'est ce que j'ose à peine au Dieu de toutes choses
Demander en pleurant; car, défiant ma foi,
Devant moi de l'espoir les portes semblent closes...
Mon Dieu! si je blasphème, ayez pitié de moi!

Louise, il naît parfois des fleurs sous les décombres.
Si lorsqu'en moi l'orage aura grondé longtemps
Le souffle inspirateur dans mon âme aux plis sombres
Revient, comme à son nid un oiseau du printemps,

Alors, je chanterai ! ce sera grande fête
Dans mon cœur délivré de ses troubles confus ;
Un splendide arc-en-ciel sourira sur ma tête...
Mais jusqu'à ce moment, non ; je ne chante plus !

En attendant, adieu ! Souviens-toi que je t'aime,
Que ton bras et le mien sont faits pour s'enlacer ;
Qu'un souvenir constant est mon besoin suprême,
Et que ton nom toujours m'est doux à prononcer.

LE SECRET DE ROSE-MARIE.

IDYLLE

Présentée au Concours ;

Par Mlle ADOLPHINE BONNET.

« Elle avait seize ans, l'âge où l'on espère. »
P. THOUZERY.

ROSE-MARIE est une enfant
Dont fleurit la seizième année ;
De toute grâce elle est ornée,
Dieu dut sourire en la créant,
Dans les jeux, seul but de sa vie,
Quinze printemps sont disparus ;
Maintenant elle ne court plus :
Que peut avoir Rose-Marie ?

Sa voix a pris un son plaintif ;
Tantôt pâlie et tantôt rose,
On dit qu'elle sourit sans cause
Et qu'elle pleure sans motif.
Sa prunelle s'est attendrie,
A perdu son joyeux éclair :
Non, ce n'est plus l'enfant d'hier ;
Que peut avoir Rose-Marie ?

De ses sœurs elle semble fuir
L'essaim que le plaisir rassemble ;
Quand elle chante, sa voix tremble
Et parfois meurt dans un soupir.
Sur le gazon de la prairie
Toute seule elle va s'asseoir ,
Souvent y reste jusqu'au soir...
Que peut avoir Rose-Marie ?

Son regard dans le ciel profond
Semble voir d'ineffables choses ;
Jadis elle effeuillait les roses ,
Elle en pare aujourd'hui son front.
Elle semble quand elle prie
Donner à Dieu des noms émus ,
Exhaler des vœux inconnus...
Que peut avoir Rose-Marie ?

Quand on lui demande : « Qu'as-tu ? »
Elle paraît ne pas entendre ;
Ses compagnes voudraient comprendre
D'où lui vient cet air abattu ;
Mais à nul elle ne confie
Quel souffle étrange l'effleura...
Ah ! mes amis, qui nous dira
Le secret de Rose-Marie ?

JOUR ET NUIT.

ODELETTE

Présentée au Concours.

Par Mlle ADOLPHINE BONNET.

> « La rosée offrait ses perles ,
> Le taillis ses parasols. »
>   V. H.

AUJOURD'HUI le soleil était beau dans l'espace ;
Ses feux brodaient au ciel des arabesques d'or ;
Tout palpitait de vie et de joie ; — avec grâce
Des légions d'oiseaux prenaient un fol essor.

Et maintenant que la lune vermeille
S'est allumée au front pâle des cieux,
Sans bruit, tout dort sous son regard qui veille,
Et c'est la nuit, livre silencieux.

Le vent qui frôle chaque branche
M'a dit : Quel est donc le meilleur ?...
Le jour doré sous la chaleur,
Ou la nuit sous la lune blanche ?

Oh ! moi.... le jour, la nuit, je les aime tous deux,
Car la nuit c'est l'extase, et le jour c'est l'ivresse ;
L'un a des diamants pour le front des heureux,
L'autre garde au martyre une douce caresse.

Le jour , le jour , c'est combat ou progrès ,
Ambition , force , travail , folie !
La nuit , la nuit , c'est la mélancolie ,
Le souvenir , la prière et la paix !

Le vent qui frôle chaque branche
M'a dit : Que faut-il à ton cœur,
Le jour doré sous la chaleur ,
Ou la nuit sous la lune blanche ?

Il me les faut tous deux : la fièvre et le repos !
Le jour fait les héros , la nuit fait les poëtes ;
Il me faut le soleil , car j'aime les tempêtes ,
Mais il me faut le soir , car j'aime les échos !

A moi la nuit et son divin silence !
A moi le jour et ses vastes concerts !
Il me faut tout , car ma soif est immense :
Le froid , le feu , le monde et les déserts !

Le vent qui frôle chaque branche
M'a dit : Ouvre donc bien ton cœur
Au jour doré sous la chaleur ,
A la nuit sous la lune blanche.

Toulouse, Impr. Douladoure ; Rouget frères et Delahaut , succ[rs].